AF438973

EL CAMINO
Historia de una vida elegida

Beatriz Rostan

EDIQUID

EL CAMINO
Historia de una vida elegida
© Beatriz Rostan

Editado por: Corporación Ígneo, S.A.C.
para su sello editorial Ediquid
José Olaya 169, Ofic. 504, Miraflores. Lima, Perú
Primera edición, julio, 2024

ISBN: 978-612-5160-25-6
Tiraje: 50 ejemplares

Hecho el Depósito Legal en la Biblioteca Nacional del Perú N° 2024-0696
Se terminó de imprimir en julio del 2024 en:
ALEPH IMPRESIONES SRL
Jr. Risso Nro. 580 Lince, Lima

www.grupoigneo.com
Correo electrónico: contacto@grupoigneo.com
Facebook: Grupo Ígneo | X: @editorialigneo | Instagram: @grupoigneo

Colección: Nuevas Voces

CONTENIDO

Sobre todo revístanse de amor,
que es el lazo de la perfecta unión.
Colosenses 3:14

A mis padres, que me criaron en el amor.

I

UN COMIENZO

Estaba sentada en el piso de la cocina hojeando —con apuro— un gastado y amarillento recetario Royal, herencia de la abuela Maruja. Eran las 10:00 a. m., y la preparación de cada almuerzo le llevaba más o menos dos horas de labor: sopa, plato principal y postre. Era una de las tantas rutinas cotidianas que Claudia realizaba en ese establecimiento. A las 11.55 a. m., de forma invariable, el señor de la casa se sentaba a la mesa y tamborileaba con los dedos mientras esperaba, impaciente, la comida. Cuando él estaba en la estancia este era el horario del almuerzo.

Claudia sintió el ruido de un motor llegando al estacionamiento. Sintió pavor. En aquel lugar solo se dejaban los autos de la familia. Era un lugar casi escondido, cercado por thujas, por lo cual no se veía a quien llegaba hasta que no se estaba allí adentro. Los vendedores, compradores, visitas ocasionales, etc., se paraban en el portillo del patio lateral o seguían hasta las instalaciones del capataz.

Solo podía ser Ofelia, su suegra. ¿Quién más, si no? Un escalofrío recorrió su cuerpo, sintió una opresión en el pecho y hasta transpiró un poco, tal era el poder que Ofelia, la Sra. de Antonio Arrozuegaray, ejercía sobre ella. En aquel entonces Claudia no tenía conciencia de aquello.

Con cada visita de Ofelia a la estancia Claudia se esfumaba. De Claudia solo quedaba un cuerpo que, como autómata, hacía y decía, sin saber qué.

Si Ofelia venía solo por el día, hacía un esfuerzo y lo sobrellevaba, si se quedaba toda la semana… era un calvario.

Se asomó por el ventanal, el cual daba al patio trasero que, a su vez, era el principal: un patio cuadrado, de piedras coloradas, con algunas plantas aquí y allá, demarcado por otras instalaciones y con un aljibe de brocal de ladrillos con material y un soporte de hierro forjado para la roldana. Todo esto hablaba del tiempo en que había sido construida la casa y sus alrededores.

Sí, era ella, no se había equivocado, venía con el chofer y también Edna, su empleada de la ciudad. Comenzaron a bajar bolsos, cajas de comestibles, ropa, calzado, enseres nuevos, y alguno que otro artículo para la casa o para el uso personal. «¡Oh, Señor!», pensó con horror, «¡Seguro se quedaría una semana!». La tortura equivalía a seis meses de vida.

Así como sintió pavor al escuchar el motor del auto, ahora se estremeció. Sintió frío y calor, se angustió, sintió miedo, inseguridad, tal vez algo de tristeza… ya no sabía lo que sentía. Pero era una experiencia conocida y repetida.

Aquel momento, que pareció una eternidad y que duró desde la llegada al estacionamiento, el paso obligado de su suegra por la cocina de «la Neca», hasta la entrada a la casa grande, en realidad fue breve, pero el suficiente para que Claudia, con esfuerzo, recuperara su compostura.

No tenía idea de que la palabra «esfuerzo» ocuparía un lugar muy importante en su vida de ahí en adelante.

Los saludos acostumbrados, guardar las cosas en su lugar y luego continuar la rutina como si aquello fuera un lugar de paz y armonía inenarrable.

Pero era obvio que aquello tan fingido, solapado por falsas sonrisas y palabras de amabilidad, no podría durar demasiado.

—Podrías guardar tus tazas aquí, en este lugar —dijo Ofelia de modo imperativo, abriendo de par en par las puertas de un aparador antiguo de roble y de hermoso estilo provenzal.

—Creo que tal vez es mejor que usted guarde su loza, y donde quede espacio guardo lo mío —contestó Claudia neutral.

Estalló la guerra.

Cuando Flavio entró a la casa, encontró a Ofelia, su madre, llorando mientras se hamacaba en una mecedora de esterilla y murmuraba palabras tales como «lo único que quiero hacer es colaborar», «yo solo quería ayudar». Claudia no le creía.

Como tampoco podía creer que Flavio, su esposo, estuviera hablando en favor de ella, en ese preciso instante. Flavio era de poco hablar y por lo general no se enfrentaba a sus padres, más bien bajaba la cabeza (cual un niño chico, pensaba a veces Claudia) cuando sus padres le dirigían la palabra en situaciones similares.

—¡Pero mamá!, ¿cuándo vas a aprender? ¿Cuándo vas a entender que los demás también tienen derecho a opinar, a decidir cosas? ¡Mañana se te va a ocurrir poner unas palmeras al medio del estar y todos vamos a tener que pasar por los costados solo porque a vos se te antoja! ¡Termínala por favor!

Claudia no salía de su asombro. Su suegra hipaba entre medio de sollozos que se iban apagando.

Aquel episodio por suerte terminó ahí. Pero a la noche en su habitación, al momento en que Flavio se durmió, en la oscuridad y la soledad de su alma, ella pensó: «¿Cómo llegué aquí? ¿En qué me equivoqué? ¿Era esta la vida que quería para mí?».

Es cierto que ella había soñado con ser ama de casa y dedicarse a su esposo y a sus hijos. Tenía que casarse con un hombre de campo, porque esa era la imagen de la felicidad que habitaba en la mente de Claudia. ¡Había visto a su madre ser tan feliz con esa vida! Y su mundo era acotado. Claudia había heredado la rica cultura de los valdenses, tenía excelentes ejemplos de padres y abuelos, había logrado terminar un bachillerato…

Pero su vida había transcurrido entre la escuela, el liceo, la iglesia, las clases de piano y nada más. Ni siquiera conocía mucha gente de la ciudad más cercana. No tenía «calle». ¿Pero era ese el problema? Decidió que no. Pensó que en las relaciones siempre hay dos o más de dos. ¿Qué cuota de responsabilidad le cabía a ella en la relación con su suegra? ¡En aquel momento no lo tenía claro, pero lo iba a estudiar! Ella era determinada y luchadora, sabía que las cosas buenas no caen del cielo, casi siempre eran producto del esfuerzo. Analizaría y se esforzaría, pensó esa noche. Sí, eso haría.

Esa semana, dentro de todo, transcurrió en un clima un poco más «pacífico» de lo esperado, teniendo en cuenta lo acontecido el primer día. Sin embargo, cuando Claudia vio partir a sus suegros con todos sus petates el día viernes, sintió un gran alivio.

II

SUS ORÍGENES

La Iglesia Evangélica Valdense fue el producto de un movimiento protestante que inició Pedro Valdo en Lyon, Francia en el siglo XII, y que se caracterizó por la austeridad y la predicación del Evangelio de forma libre. Eran llamados «los pobres de Lyon». Valdo fue un comerciante rico que un día sintió el llamado de Dios y tomó la decisión de vender todos sus bienes, entregar parte de los mismos a su esposa y sus hijas para que pudieran vivir con dignidad el resto de sus vidas, repartió el resto entre los pobres, y guardó algo para poder traducir fragmentos de la Biblia al idioma vernáculo. Él creía que «la palabra» debía estar al alcance de todos. Este movimiento, en cuanto comenzó a crecer y expandirse por la región, provocó malestar en la Iglesia católica.

Luego de intentos de diálogo de uno y otro sector, con discusiones y negociaciones en más de una ocasión, al final la situación culminó con una ruptura total de los valdenses con la Iglesia católica, la cual comenzó una persecución feroz contra todo el movimiento valdense.

Los valdenses, perseguidos, acosados (asesinados muchísimos de ellos), se refugiaron en las montañas entre Francia, Italia y Suiza. Esta persecución duró siglos. Ellos se mantuvieron fieles a Dios y unidos en la lucha. Vivían de lo que podían rescatar en la piedra de las montañas, yuyos, raíces, algún queso de cabra que se hacía solo, en los sacos de cuero donde colocaban la leche de algún rumiante de estos que podían llevar consigo. En esa «huida» y librando cruentas, desiguales y largas batallas, permanecieron fieles a su fe y con la esperanza de volver algún día a sus hogares.

En el año 1532 se adhieren a la reforma de Martín Lutero, y entre los años 1555 y 1559 se adhieren a los calvinistas[1].

El 17 de febrero del año 1848, el duque de Saboya decreta la libertad civil y política para los valdenses y estos vuelven a sus amados valles del Piamonte, Italia.

Hasta el día de hoy cada 17 de febrero celebran con enormes fogatas lo que ellos denominaron «el glorioso retorno».

Sin embargo, el dolor por las pérdidas de sus seres queridos, por todo lo sufrido en aquellas cuevas escondidos en las montañas, pasando necesidades, cuidando todo el tiempo de no hacer ruido para que no pudieran descubrirlos. El dolor del exilio, de la discriminación, las heridas físicas y las otras, todo eso y más, dejarían cicatrices importantes y no podrían olvidarlo con facilidad. Pero leían la Biblia, sabían que el perdón era parte de la vida del creyente. Y si no perdonabas, no eras creyente. Así de fácil. O de difícil. A Claudia le parecía escuchar a su madre cuando relataban estas historias (pocas veces): «que no se ponga el sol sobre tu enojo». Esta sentencia bíblica también la aplicaba Rosa cuando sus hijos se peleaban (como tantas otras sentencias bíblicas, aquella la acompañaría el resto de su vida).

Los valdenses comenzaron a reconstruir sus vidas.

Tiempo después, en algún momento, las dificultades económicas y las consecuentes necesidades los llevaron a pensar en América. Era una tierra de promesas, de grandes posibilidades para los campesinos (eso eran los valdenses, campesinos) y despertó en varios de ellos la esperanza de un porvenir mejor. Es así

---

1   Los Valdenses. De Albert de Lange.

que, en distintos contingentes fueron llegando al Río de la Plata, algunas familias se radicaron en Uruguay, otras en Argentina, en un principio se establecieron en colonias. Se ayudaban unos a otros, para construir la casa, un galpón, para hacer la vendimia, o cualquier otra actividad que excediera la capacidad de los integrantes de un solo hogar.

En Uruguay, luego de un fallido intento de radicarse en Florida, se establecieron en lo que hoy conocemos como Colonia Valdense, departamento de Colonia (esto en términos generales, la historia detallada llevaría más de un libro). Luego los valdenses se fueron expandiendo hacia otras zonas del país, pero la mayoría de las veces en forma de «colonia». Los padres de Claudia tenían ese origen: eran valdenses. La cultura, la identidad valdense, que los distinguía de otros sectores de la sociedad era muy fuerte, aunque poco conocida.

Los valdenses no eran una secta, pero por su dolorosa historia quizás estaban acostumbrados a reunirse en diversas actividades en un círculo de apariencia cerrada. Se casaban entre valdenses. Hacían su culto los domingos, jugaban al voleibol, a las bochas, las señoras trabajaban en la liga femenina realizando manualidades, beneficios, colectas para ayudar a otras personas, etc., así como también había actividades para los niños. Con el transcurso de los años algunas de estas costumbres fueron cambiando, como cambia todo en este mundo.

III

LA INFANCIA

El padre de Claudia, Emilio, se había criado en la austeridad total, en una casa muy humilde y con padres que necesitaron de la colaboración de sus hijos para las tareas del campo y de la casa. En cambio su madre, Rosa, con una vida más cómoda, vivió parte de su infancia en el campo y luego en la ciudad, en una casa grande que su propio padre mandó a construir, y a la cual, según sus dichos, «nunca le faltaba nada». Sin embargo, no hubo diferencias entre ellos porque ambos profesaban la misma religión. Tuvieron un lazo muy fuerte que los unió: una historia, una cultura, una identidad común.

Fue obvio que se conocieron en la iglesia si bien vivían en ciudades diferentes. Desde el principio fue un gran amor. Prometieron el día de su boda amarse, respetarse, estar en las buenas y en las malas, en salud o enfermedad, hasta que la muerte los separase, eso eligieron cada día: amarse.

Luego llegaron los hijos. El campo era el mejor lugar para vivir una familia. Claudia recordaba su niñez maravillosa, pletórica de sueños y aventuras. La rutina era levantarse, desayunar, lavarse los dientes, peinarse, túnica y moña, y listo. Subir al caballo y tranquear o galopar los 7 kilómetros que separaban su hogar de la escuela más cercana. La escuela le gustaba, pero la gran aventura era el viaje de ida y de vuelta. Iban en grupos con compañeros vecinos. Alguno perdía un zapato que luego aparecía en el pique de un alambrado gracias a la amabilidad de algún tropero, otras veces un caballo se asustaba y en el movimiento tiraba a alguno al suelo, jugaban carreras sin conocimiento de los padres, y otras aleluyas... y conversaban todo el camino. ¡Era la gloria!

Cuando cursaba el último año de escuela, había percibido con sus compañeras que, en algunas ocasiones, en el trayecto de ida o de vuelta, pasaba un joven en una camioneta de color amarillo claro, moderna para ese entonces, y por lo que podían apreciar desde sus caballos, era bastante apuesto, así que cada vez que lo veían venir todas suspiraban a coro y luego estallaban en carcajadas. Las hormonas de la adolescencia empezaban a movilizarse. Si alguien le hubiera dicho a Claudia, en ese momento, que ese joven algún día sería su esposo creería que le estaba hablando un demente.

Al llegar al hogar los esperaba la merienda, los deberes, y en los días estivales en que el sol alumbraba por más tiempo podían salir a jugar afuera. Las ofertas eran variadas y abundantes: jugar a las casitas, Claudia y sus hermanas construían con trastos viejos, almacenados detrás del galpón, sus propias casas. Ir al chiquero viejo de los chanchos a jugar a los indios. Ir a los corrales a mirar cómo trabajaban el abuelo Fefo y su padre con los animales. ¡Jugar a ser caballos usando unas varitas de sauce como riendas, fusta y cola del propio caballo! La imaginación no conocía límites... y la felicidad tampoco.

En los días invernales cuando oscurecía temprano las posibilidades de salir a jugar afuera eran casi nulas. No había televisión, mucho menos internet, mucho menos nada... Entonces se producía otra magia: cantaban, a cuatro voces, porque tanto Rosa como Emilio habían estudiado música. Para los valdenses, la Fe en el Dios de Jesucristo era el centro de todo, y la libertad, la educación eran pilares fundamentales, pero también la música ocupaba un lugar muy importante en sus vidas, en la propia y en la de las comunidades.

A los siete años, Claudia comenzó a estudiar piano en la ciudad. Hubo necesidad de comprar uno porque también había que «estudiar en la casa», cosa que Claudia hacía con alegría porque le gustaba la música. Era parte de la educación que Emilio y Rosa querían dar a sus hijos. Aún en tiempo de dificultades importantes nunca faltó el dinero para las clases de música. Tal vez estaría zurcida alguna media o usarían por más tiempo del recomendable el mismo pantalón, pero las clases… eran las clases.

Los valdenses sabían que para ser libres tenían que acceder a la educación, y por eso la transcripción de la Biblia, y por eso la Biblia en las mesas de luz de cada hogar. Y se leía con atención. Bueno, eran libres porque creían en el Dios de Jesucristo, y antes que nada, eso es lo que los hacía libres.

La primera formación, la de la casa, no era muy rigurosa, pero sí con límites claros y definidos, todos sabían y distinguían con mucha claridad lo que estaba bien y lo que estaba mal, lo que se podía hacer y lo que no. Claudia todavía recuerda con nitidez el momento exacto en que su padre le dijo: «las cosas se hacen bien o no se hacen», sentenciándolo con severidad. Estaban en el patio del frente, en el cual había una vereda, que rodeaba toda la casa y, hacia adelante, el balasto hasta la cerca de tejido y material. Alguna planta al centro y otras en los bordes. Casi que el jardín típico de campo de aquellos años. Estaban enrollando una manguera y Claudia solo tenía que prestar atención para ir dando vuelta a la manguera que su padre se enroscaba en el brazo. Pero estaba distraída mirando quien sabe qué cosa, ella era así. Todo movimiento, pasando de una cosa a otra con rapidez. Emilio le decía a veces: «no tenés término medio».

Claudia no lo sabía entonces, pero estaba recibiendo la educación adecuada para tomar las mejores decisiones en su vida. Podría equivocarse, pero siempre tendría opciones de enmendar sus errores y tomar nuevos y mejores caminos. Y ese era el gran punto: las decisiones, las elecciones. Elegir algo implicaba renunciar a otro u otros algos y no era fácil. Pero cuando fuera grande se daría cuenta de que con cada decisión que tomara estaría construyendo su propio destino. Eso era algo grandioso porque se daría cuenta de que sus padres le habían entregado las mejores herramientas y ella tendría en sus manos la llave para abrir puertas y elegir rutas, senderos... y construir su presente y su futuro. Tenía en sus manos las riendas de su vida.

Las lecciones en su casa estaban presente siempre, y venían en gran parte de los ejemplos, del cómo vivían sus padres y también sus abuelos. Era obvio que de cada uno aprendían diferentes cosas porque cada uno era diferente y porque los roles también eran diferentes. Rosa se ocupaba de los quehaceres de la casa, de los hijos, y de la comida de los peones. Claudia siempre veía a su madre trabajando. En ese entonces no había tiempo para jugar con los hijos, pero se respiraba el amor en cada rincón de ese lugar. Rosa siempre decía: «No es necesario pegarle a un niño si insiste en tocar lo que no debe, lo distraés con otra cosa y ya está». Rosa simplificaba, solucionaba, pacificaba. Emilio trabajaba de sol a sol en las distintas tareas del campo. Pero, después de la cena su tarea era leer cuentos a sus hijos antes de dormir.

Algunas veces Claudia lo veía llegar a las 10 de la noche muerto de frío luego de trabajar todo el día en un tractor sin cabina. Cuando era tiempo de zafra no se podía parar. Eso sí, el domingo era sagrado, era el día del Señor, por lo tanto, se guardaba. El padre de Claudia había estudiado teología durante tres años en la facultad, pues se había sentido llamado a esa vocación, pero al final encontró que prefería trabajar en la comunidad desde el laicado, y así lo hizo. Con el paso de los años y cuando la globalización llegó a todos los rincones del mundo, la competencia se instaló, y algunas veces se trabajó en domingo.

La infancia era la etapa de su vida que Claudia recordaba como la más feliz. No podía describir con palabras todo lo que vivió, sintió, experimentó, aprendió, rió y también lloró. Había tanta riqueza atesorada en su corazón que no podría encontrar palabras si tuviera que describirla. Tal vez podía sintetizar sí en una sola palabra: amor. Puro y abundante amor fue su infancia.

IV

EL ENTORNO

En aquel entonces, Claudia conocía dos tipos de establecimientos rurales: los chicos, como los de todos los colonos de la zona, llamados «chacras», y los más grandes llamados «estancias». En los primeros la casa-habitación era similar a una casa de ciudad y se diferenciaban unas de otras más bien por las instalaciones vinculadas al tipo de actividad que se realizaba en cada una de ellas. Tal vez alguna más humilde que otra, pero nada más. En los segundos, las estancias, todo era más complejo, había más instalaciones, también más abundancia de todo, y tanto esas instalaciones como las actividades estaban más organizadas, y más estructuradas.

En la estancia de don Antonio Arrozuegaray, estaba la gran casa-habitación, al frente. Era lo primero que se veía al cruzar el portón de la entrada. Una gran cerca rodeaba todo el sector, que incluía una vereda pequeña entre cerca y casa, dos patios no muy grandes a los lados, y el principal en la parte trasera de la misma. A un costado de ese patio estaba la cocina donde «la Neca» cocinaba para los peones o para el patrón según las necesidades. El Sr. Antonio estaba unos días en la ciudad, unos días en el campo.

Había otras instalaciones que se correspondían con la cantidad de personal y actividades que se realizaban; dormitorio para el capataz, dormitorios para los peones, baños, cocina para los peones (a veces no había cocinera o había mucho personal porque llegaban los esquiladores, por ejemplo, y la rutina cambiaba), galpones y corrales de todo tipo. En general, todo tenía un orden y un funcionamiento, que solo cosas muy extraordinarias podían alterarlo.

La casa donde vivía Claudia era hermosa. En realidad era de sus abuelos y ellos vivían allí, todos juntos. Tenía aspecto de chalet, con techo de dos aguas en un segundo piso y en dos niveles, pues allí solo había una habitación y un desván. El techo era rojo y desde el camino en lo alto de la colina surgía esplendorosa y magnífica «su casa», de la cual ella se sentía orgullosa.

En la planta baja (o primer piso) estaba toda la casa. Era una familia grande y de las cuatro habitaciones, tres estaban allí y una en el nivel superior. También había un *hall* de entrada lleno de plantas la abuela Belinda siempre tenía plantas por todos lados, una biblioteca, un comedor muy amplio con estufa a leña, la cocina, un dormitorio de servicio y un garaje.

En la época de la guerra cuando Uruguay exportaba muchos alimentos, el sector agropecuario se vio muy beneficiado. Las personas con visión y capacidades habían sabido invertir de una manera inteligente y disfrutaban de comodidades, fuera de que también trabajaban mucho.

La abuela de Claudia era una mujer menuda, un poco adusta y de poco hablar. Lo necesario nada más. Pero Claudia la idolatraba. Ella se encargaba de la huerta y de la quinta de frutales, con ayuda de algún peón, ya que algunas cosas no las podía hacer una mujer por su estructura física, y porque además se requería mucho tiempo para tener en buen estado la quinta y la huerta. La abuela Belinda plantaba acelgas, rábanos, nabos, lechuga, tomates, apio, cebollas, ajo, zanahorias, boniatos, perejil, orégano, borraja, y todo cuanto fuera posible plantar en una huerta. Y en la quinta de frutales había durazneros, higueras, damascos, mandarinas de distintas variedades, naranjas, olivos, ciruelos, nogales, cerezos, limoneros, granadas, manzanos, nísperos. Todo lo que se podía cultivar, lo cultivaba. Hacía injertos, almácigos, plantación directa y laboreo de la tierra. Curaba las plantas «apestadas» y exterminaba los hormigueros. Claudia la seguía a todos lados obnubilada por tanta sapiencia.

En el campo se sembraba trigo, avena, lino, girasol, sorgo, maíz, según la estación y necesidades. Y su abuelo Fefo se ocupaba de comprar el ganado vacuno y las ovejas. Con Emilio, vacunaban, curaban «bicheras», hacían la yerra, apartaban ganado para la venta. A Claudia le encantaba ir cuando apartaban ganado y la verdad a veces ayudaba, pero cuando se le escapaba un vacuno alguien le decía algo y ella molesta se volvía a su casa. A veces el aparte era un éxito y ella venía feliz y orgullosa tranqueando en su caballo como si hubiera ganado un trofeo en una carrera.

También tenían tres hectáreas de viñedos. La época de la vendimia era otra fiesta para Claudia. Cuando estaban en edad de colaborar, ella y sus hermanos cortaban los racimos de uva y los ponían en un cajón que después los adultos recogían y llevaban a la punta de la hilera y allí un tractor pequeño los levantaba. Luego todos juntos comían un asado. ¡Qué fiesta!

V

LOS PRIMEROS DOLORES

Cuando llegó el momento de la secundaria para Claudia, todo se transformó. Fueron tiempos difíciles, en lo económico, político, y social, pero eso no fue lo más grave, en realidad a ella esto no la rozaba. Lo difícil, doloroso y amargo fue que tuvo que separarse de sus padres para poder continuar sus estudios. Claudia comenzó un nuevo viaje.

Sus abuelos maternos eran de oro. La abuela Maruja y el abuelo Pedro. Allí todo era cariño y contención. Pero el desprendimiento de sus padres, de aquel maravilloso lugar donde había transcurrido la más feliz de las infancias, eso, eso la había destrozado. Estaba rota por dentro y no entendía nada y ni siquiera sabía si había algo que entender o remediar.

La casa de sus abuelos siempre había tenido un atractivo especial para ella. Cuando era niña (todavía lo era, tenía once años), cada viaje a visitarlos era una fiesta. Se apoderaba de ella una ansiedad que hacía que el camino pareciera más largo de lo que era. Cuando se iban acercando a la ciudad y veían las torres de la iglesia católica empezaban a gritar a coro, con sus hermanos: Dolores, Dolores, Dolores… el auto era una algarabía con ruedas.

Luego de los abrazos y besos iban directo a la cocina donde iban a encontrar un casillero lleno de botellas de maltas pequeñas y dos latas enormes con galletitas dulces. Casi que podían servirse a discreción, sobre todo las galletitas, las maltas no tanto. Bueno, con una malta se llenaban. Y al mediodía las exquisitas sopas de la abuela Maruja, o los tallarines caseros con tuco. El día transcurría, Claudia no recordaba cómo, pero el día transcurría y sabía que era feliz, pero ahora todo era diferente, su hogar no estaba allí.

En esa ciudad que le era ajena, lejos de sus padres, entre lágrimas, primeros amores, desengaños, tristezas, nostalgia, transcurrieron los cuatro años de secundaria. Entonces regresó a su casa para continuar el bachillerato y así culminar los estudios de esta etapa.

En aquellos años de adolescencia se «había enamorado» varias veces. Cuando estaba exultante de alegría o embargada por la más triste desilusión, rumbeaba hacia los galpones, ensillaba algún caballo y se iba hasta el fondo del campo. Había, en uno de los potreros, un bañado que al llegar al campo lindero se convertía en cañada. Claudia llegaba al bañado, y de manera desaforada galopaba hasta el fondo del campo chapoteando entre el agua y el barro hasta llegar al alambrado. Ahí ataba el caballo, cruzaba por entre los hilos y se tiraba en el pasto a la sombra de un monte nativo a escuchar correr el agua.

En algunas partes era apenas un hilo el cauce, en otras había pequeños «saltos» que aportaban una magia musical a ese lugar. Allí soñaba, recordaba algún beso de amor, lloraba algún desengaño, disfrutaba lo hermoso de la naturaleza en la más absoluta soledad. ¡Qué lugar! ¡Qué momentos! Solo se oía el sonido del agua, el ruido de las hojas movidas por el viento o una suave brisa, y los cantos de los pájaros. Ese momento era único, era sublime y era solo de ella. Muchos años después, al realizar un curso de control mental, cuando lograba llegar al estado alfa y debía «ir» al lugar ideal de descanso… Claudia «viajaba» y regresaba a esa cañada.

Se estaba un rato, y luego montaba y volvía de nuevo a campo traviesa por ese bañado y los demás potreros, llena de barro en sus pantalones y en su espalda, hasta llegar a la casa. No quería preocupar a Rosa, porque ni siquiera avisaba que iba al campo. ¡Cuánta libertad, oh Dios, había disfrutado en aquel hogar!

De modo abrupto terminó la etapa de esos estudios. Claudia no podría concurrir a la universidad. Un conjunto de factores eliminaron la posibilidad de que Claudia pudiera seguir estudiando la carrera de Ingeniería agronómica, que creía era lo que le gustaba. Por eso tampoco insistió mucho en el tema con sus padres, porque en el fondo no sabía muy bien lo que quería. Pero en esa casa se estudiaba o se trabajaba. El ocio no tenía lugar en ese domicilio.

Claudia no estaba preparada para ingresar al mercado laboral. Necesitaba más estudios. Sus padres la llevaron a ver a dos profesores de piano para que los orientaran acerca de las condiciones musicales de su hija. Los dos coincidieron en que tenía muchas capacidades para convertirse en pianista. Listo, problema solucionado.

Al año siguiente comenzó a viajar a Carmelo a tomar clases de perfeccionamiento pianístico, a esa altura ya era profesora de piano. Iba una vez por semana a clases y luego en su casa estudiaba horas y horas. En un momento llegó la prueba de fuego: dar un concierto en el teatro de la ciudad. Esa actuación fue organizada y patrocinada por una institución del medio que deseaba realizar un evento cultural. Fue una linda y exitosa experiencia que Claudia vivió a los dieciocho años. Pero en cuanto a conciertos, no pasó de ahí.

Otra de las «terapias» de Claudia era el piano. Ella estudiaba muchas horas por día; ¡estaba estudiando para ser concertista! Pero lo más apasionante para ella era «tocar» piano, que no significaba lo mismo. Cuando se encontraba en esos momentos de dolor, de ira contenida, de frustraciones, de rabia o tristeza, se sentaba allí, y mientras acariciaba o aporreaba el teclado de un extremo al otro, le caían las lágrimas por el rostro, y a veces llegaba a llorar de forma agitada, cuando el dolor era muy grande, descargando así todas sus emociones.

El romanticismo era el período histórico musical preferido por Claudia. La música al servicio de los sentimientos, las emociones, la pasión. O al revés quizás, la música despertando todo lo que habitaba en el alma y el corazón de una persona. Tal vez por aquella pasión la mayoría de las veces elegía Chopin. Lo amaba. En sus obras encontraba el mismo dolor, la misma angustia, la misma tristeza. Era algo sublime. La calmaba, la pacificaba. Luego volvía a ser ella.

VI

EL NOVIAZGO

En una tarde veraniega, mientras lavaba la vereda del costado, que era un poco la del frente también porque el camino era diagonal con respecto a la casa, llegaba a la esquina que se formaba entre la vereda del frente y la del costado, donde estaba Claudia. Allí había dos árboles de camelias de porte mediano pero bastante frondosos, y algunas otras plantas no tan grandes, pero que en su conjunto le permitían observar la calle y el camino de entrada sin ser vista. Sintió el ruido de un vehículo que entraba a la casa y se asomó por entre las plantas. ¡Espanto! ¡Era Flavio!

A aquellas alturas lo conocía tan solo de la calle, sabía que era un vecino del fondo y nada más… pero recordaba al apuesto joven que en otros tiempos veían en la camioneta amarilla en el trayecto a la escuela. ¡Y ella estaba disfrazada de loca! Cuando estaba en su casa le encantaba vestirse con cualquier cosa, una remera de manga corta arriba de un buzo, todo de cualquier color, los pantalones arremangados y botas de lluvia, los pelos enmarañados… la hacía sentirse libre esta forma de andar ¡…pero que la viera el tal Flavio así…! ¡Ni Flavio ni nadie! Entró corriendo a su casa y, con rapidez, se arregló un poco. Salió cuando Flavio ya se estaba bajando del vehículo.

—Buenas tardes. Mucho gusto —dijo, extendiendo la mano y sacándose la boina, era ocho años mayor que Claudia.

—Hola —contestó Claudia pensando «¡qué formal!».

Acto seguido, el tal Flavio explicó que había entrado a pedir un poco de agua porque se había recalentado el motor de su vehículo. Ella le alcanzó un recipiente y él mismo, muy decidido, se sirvió de la canilla. Una vez echó el agua en el radiador devolvió el recipiente, buscó en el bolsillo unos caramelos que le ofreció a Claudia, agradeció y se fue con aparente prisa.

Rosa le dijo, este no vino por el agua y ahí quedó la cosa.

Ese episodio la llevó a recordar que un año o dos atrás ella iba caminando con sus amigas y al pretender cruzar una calle preferida, él venía circulando y, al verla, paró, le hizo señas con la mano para que cruzaran y ella se sonrojó y cruzaron, no lo había vuelto a ver.

Entre tanto Claudia había estado enamorada varias veces, pero nunca funcionaba nada. O ella se enamoraba y quedaba extasiada mirando al objeto de su amor de tal manera que el pobre muchacho huía a los tres meses; o él quedaba prendado de sus encantos y la cansaba con tantas atenciones. Entonces, al final, era ella quien ponía fin a la relación.

Ahora que estaba en su casa y dedicaba toda la semana al estudio de piano y a ayudar a su madre con los quehaceres del hogar no tenía mucho tiempo para el amor.

Pasaron unos cuantos días, tal vez semanas y Flavio volvió a aparecer. Claudia ya no recuerda el motivo por el cual fue, pero sí recuerda que se ofreció para llevarla a la ciudad cuando ella tuviera que ir.

—Voy mañana —dijo Claudia, un poco en broma un poco verdad.

—Bueno, ¿a qué hora te paso a buscar?

«¡Aquello era en serio!», pensó Claudia.

—No, era broma, voy sí, pero voy en moto.

—No, no, yo tengo que ir, te paso a buscar. Decime la hora.

—¿A las 4? —titubeó Claudia.

Al día siguiente marcharon a la ciudad y volvieron al atardecer después de que cada uno hizo sus cosas. Al llegar a su casa Claudia le agradeció, intercambiaron dos o tres frases de cortesía y se despidieron con un «chau».

A la semana siguiente regresó con alguna otra excusa que Claudia no recuerda y volvieron a organizar el viaje a la ciudad. Casi sin darse cuenta habían comenzado a salir y en un abrir y cerrar de ojos ya eran novios. Pasaron los tres primeros meses, primera prueba de fuego, y no ocurrió nada. Llegaron a los seis meses y todo seguía viento en popa. Claudia empezó a pensar que el amor había llegado a su vida.

Entre semana se veían los martes y los jueves en casa de Claudia. Para salir los fines de semana, Claudia se quedaba en la casa de una tía en la ciudad. Salían a pasear por la ciudad tomando mate, iban a los bailes, conversaban sentados en el auto si hacía frío o en un banco de la plaza o la costanera si el día estaba lindo. Lo importante era estar juntos.

La casa de su tía tenía un patio pequeño, tres dormitorios, cocina comedor, *living*, y un cancel que separaba el *living* del zaguán de entrada. Traspasando el zaguán había un porche techado, y también había allí un pequeño macetero al borde de la vereda en el cual por lo general reposaba una planta de color borra de vino que contrastaba con el amarillo de las baldosas.

Era sábado, Claudia ya se había duchado y se estaba terminando de aprontar. Se había puesto un pantalón azul marino (tampoco tenía mucho para elegir), un top también azul marino pero con pequeñas pintas blancas. Lo recordaba muy bien por lo que ocurriría después. Hacía calor. Le quedaba bien el conjunto. Bueno, a ella le gustaba. Completaba el atuendo con unas sandalias de taco que la hacían más elegante.

Sonó el timbre y salió ella porque ya sabía quién la venía a buscar. Se asomó al porche y no había nadie. Levantó la mirada y vio el auto de Flavio estacionado al frente. Se adelantó un poco más hasta zafar el porche, miró a ambos lados y ahí lo descubrió, en la penumbra. Era de noche y esa calle no estaba muy bien iluminada. Como un niño travieso estaba escondido detrás de la pared. Ella salió del porche, donde la luz ya no la alcanzaba, y entre la penumbra se acercó y le dijo:

—Hola

—Hola —le contestó él mientras la abrazaba con una mano puesta en la cintura, la atrajo con firmeza hacia sí, y cuando la tuvo bien cerca le murmuró al oído

—Te deseo mucho.

Claudia se quedó helada por medio segundo. No esperaba aquello. Pero al instante sintió que se desgonzaba. Su aliento rozándole la oreja, y hasta moviendo, como una suave brisa su cabello, sus besos desplazándose en su cuello como una caricia interminable, el perfume que usaba que la hacía sentirse mareada, el roce de ambos cuerpos, la admiración que ella sentía por él y la envolvía en esa mezcla, más su propio deseo, le provocaban oleadas de placer que la recorrían de pies a cabeza… quedó rendida en sus brazos. Las cosas estaban tomando otro cariz.

Cuando entraron al baile la llevó de la mano hasta la mesa que ocuparon. Era la primera vez que demostraba en público que eran novios. Aquel fin de semana fue maravilloso. Todos y cada uno de los momentos vividos eran inefables.

Cuando Claudia se dio cuenta del rumbo que estaban tomando las cosas comprendió que tenía que hablar con su padre con seriedad. Emilio era severo y ella lo respetaba, pero nunca le tuvo miedo. Es más, en esa etapa de adolescente, en algún momento se comportó hasta de una manera desafiante con su padre. Recordaba que cuando tenía diecisiete años y le pidió permiso para ir a un baile, su padre le dijo que no, a lo cual, por supuesto, Claudia preguntó por qué. La respuesta de Emilio no fue muy convincente para Claudia, por lo cual de un modo crudo le dijo a su progenitor: «Si estuvieras seguro de la educación que me diste, no tendrías miedo de dejarme salir porque sabrías que me portaría bien».

Emilio, otorgándole el permiso, le dijo: «siempre trabajás la moral para conseguir lo que querés». Claudia no estaba segura de haber entendido mucho lo expresado por su padre, pero fue al baile.

Buscó el momento adecuado para hablar con su padre y cuando lo encontró le dijo:

—Creo que mi noviazgo va en serio.

—Ajá —dijo Emilio, que era de pocas palabras.

—Yo quería pedirte permiso para abandonar los estudios de piano y pedirte también, si podés, que me pagues algún curso de dactilografía y otro de contabilidad, para poder trabajar en alguna oficina. Como van las cosas no me veo dando concierto de piano a las vacas.

Su padre se rio, pero había un dejo de tristeza en aquella risa, y, por supuesto, accedió a lo que Claudia le pidió. Sus padres siempre la habían dejado «ser», aún a costa de su propio dolor, lo pudo ver en varias oportunidades.

Cuando encontró el momento habló con Rosa. Estaban en el patio delantero, ¿las cosas importantes siempre ocurrían ahí? Claudia no sabía qué estaban haciendo, tal vez arreglando canteros, o podando alguna planta… no había mucho para hacer allí, y era la parte menos frecuentada de la casa tal vez porque daba al frente y entre el cerco de la casa y el camino vecinal había un espacio muy amplio que parecía campo abierto. En cambio la vereda que daba al noreste era la más linda y acogedora y casi siempre era donde tomaban mate a la tarde, cuando era eso posible.

Claudia nunca pudo imaginar la reacción de Rosa, a ella le parecía que su madre estaba contenta con su noviazgo. Y de verdad, el noviazgo no le molestaba, pero cuando Claudia le manifestó que dejaría los estudios de piano la cara de su madre se transfiguró. No podría decir con exactitud lo que vio en ella. En sus ojos dolor, seguro, y una expresión de incredulidad que le había desencajado el rostro.

—¿Vas a dejar el piano? ¿Y qué vas a hacer? —parecía enojada.

—Voy a estudiar algo para empezar a trabajar en alguna oficina —su madre casi no la dejó terminar, estaba indignada.

—¿Vas a ir a una oficina? ¡No vas a ir a una oficina! ¡Vas a terminar con las uñas comidas de tanto fregar ollas! ¡Y ya no podrás tocar más el piano!

Rosa casi lloraba. Claudia estaba desconcertada, siempre la había visto tan feliz. Luego, con una tristeza infinita comprendió lo que su madre tal vez no se atrevía a confesarse a sí misma. Rosa, que también tenía un título de profesora de piano y de solfeo, alguna vez había contado que cuando era joven tomaba clases de canto con una profesora que viajaba desde Montevideo al interior con ese cometido. El canto era su vocación frustrada. ¿Cuánto dolor aparecía cuando uno tomaba conciencia de las pérdidas? Su madre había guardado en algún lugar recóndito de su ser este anhelo insatisfecho. Y nunca lo había dejado aflorar a la superficie porque había sido su elección. En aquel tiempo la vocación musical, en una mujer, en el interior del país..., era incompatible con la vida de familia. O elegías la música o elegías la familia. Rosa había escogido a la familia.

Pero con dolor y desilusiones de varias partes, los estudios de piano terminaron.

VII

EL TRABAJO

Comenzó otra etapa con distintas elecciones, ya que la vida misma es un cúmulo de elecciones casi permanentes. Claudia tuvo muy claro eso, la relación causa-consecuencia, acción-reacción, siembra-cosecha. Y aunque se esforzó en tomar las mejores decisiones, a veces se equivocó, pero no pudo culpar a nadie de sus problemas porque ella siempre eligió.

Cuando terminó estos estudios (que duraron menos de un año), la llamaron de una oficina para trabajar. Buscó una pensión, ya que residiría en la ciudad de lunes a sábado y esta era la única forma de hacerlo. Pensó que Flavio iría a verla los martes y los jueves como lo hacía cuando ella vivía en el campo, pero no fue así. Flavio decía que tenía que trabajar mucho para poder comprar todo lo que necesitarían para casarse. Y Claudia experimentó otra vez el dolor del abandono.

¿Por qué no la visitaba? ¿Por qué no la acompañaba en este difícil momento de desprendimiento? ¿Es que no se daba cuenta de su sufrimiento? Pero él no podía entenderla, mucho menos acompañarla. Y Claudia se fue acostumbrando, ella había elegido esto también, al igual que su madre y ahora tendría que arrostrar las consecuencias.

En el trabajo había un clima muy agradable, de compañerismo, ayuda mutua, calor humano. Todo el ambiente en aquel trabajo era muy acogedor. El Sr. Rossi, el gerente, y su esposa apreciaban mucho a Claudia. Ella no sabía muy bien por qué. Tal vez conocían de su soledad, tal vez les caía bien. Lo cierto es que en un aniversario de bodas la invitaron a ella a celebrarlo yendo a un desfile de modas en la ciudad. Todavía recordaba la ropa que se había puesto, porque para Claudia era todo un acontecimiento: una camisa amarillo patito con alforzas finitas y un bordado al medio, una falda de pana fina marrón, y unos zapatos de gamuza, también marrón, con tacones muy altos. Se sentía toda una «dama». «Por lo menos un día distinto», pensaría después.

La vida de Claudia en aquel tiempo fue bastante rutinaria. De lunes a sábado en la ciudad por el trabajo. El sábado al mediodía volvía a su casa, al campo. De noche iba Flavio a visitarla o salían en la ciudad. El domingo iba a la iglesia pues tocaba el armonio en el culto. No le disgustaba hacerlo porque le gustaba bastante la música, pero ¡Levantarse el domingo a las nueve de la mañana! ¡Por favor! ¡Qué sacrificio! Esto lo hacía más por sus padres que por sus convicciones religiosas. También tenía un gran cariño por el Pastor y su esposa, quienes siempre la habían alentado en todo lo que tenía que ver con la música.

Unos años antes, cuando todavía no trabajaba, Giulio y Frida, Pastor y Sra., le habían regalado una flauta dulce y los sábados de tarde daba clases de música, en el salón de la iglesia, a niños grandes y adolescentes.

Un día, no recuerda cuando, al salir de la iglesia Flavio la estaba esperando afuera, solo para verla. Él estaba muy enamorado de ella y viceversa. Le constaba porque se enfrentaba a algunas dificultades con su familia a causa de ella. Claudia lo percibía porque casi todos los domingos iban a almorzar allí, a la casa de sus futuros suegros. Pero volviendo a ese día, se sentaron los dos en la escalinata del templo. Había un sol hermoso y se estaba muy agradable ahí. Conversaron de cosas que Claudia no recuerda. Pero lo que sí recuerda es que en un momento le salió esta frase del corazón más que de su boca: «lo nuestro no va a funcionar Flavio». «¿Cómo que no va a funcionar?», dijo Flavio, tratando de convencerla de lo contrario, más que de preguntar por qué.

—No sé —dijo Claudia con voz cansada, llevaban unos tres años de noviazgo.

—¿Cómo que no sé? ¿Qué es lo que te pasa?

—Yo quiero un compañero, alguien que comparta conmigo las actividades que hago, por lo menos algunas, y vos…, vos nunca podés nada, siempre estás ocupado.

—¡Bueno, pero eso es ahora porque tengo que trabajar para comprar todo lo que necesitamos para casarnos! ¡Después que nos casemos todo va a ser más fácil!

La convenció, siempre lo hacía.

Ella pensó: «¿Por qué precisamos tantas cosas para casarnos?». Juego de loza completo, juego de cubiertos, copas, sábanas bordadas, y otras aleluyas. ¿No podían casarse con menos y ser felices igual? Nunca se iban a poner de acuerdo. Debió haber visto esta y otras señales, pero no las vio.

Los días, las semanas, los meses se fueron sucediendo y el gran día llegó. Y no llegó con la alegría esperada por Claudia.

Un tiempo antes, Emilio la había visto llorosa en su dormitorio y entró para ver qué le pasaba. Claudia dijo que no sabía. Su padre le dijo:

—¿Es por tu casamiento?

—No lo sé —le respondió.

—El desierto, hija querida, el desierto —comentó, haciendo alusión al pasaje bíblico donde Jesús es tentado.

Las respuestas estaban en su interior, y sus padres la respetaban tanto que no osarían jamás darle ningún consejo. Otra vez la libertad de los valdenses.

El día de su casamiento se sintió como una reina. En el transcurso de la mañana sus amigas le armaron el ramo con unas hermosas orquídeas que resaltaban por encima de unas hojas de espárragos. Y le hicieron los pies. A la tarde le hicieron las manos, le arreglaron el cabello, la maquillaron y por último, después del vestido de novia, le colocaron el tocado. Los guantes blancos… y estuvo lista para entrar a la iglesia. Al menos su cuerpo.

VIII

EL MATRIMONIO

Claudia había soñado con vivir en su propia casa, no importaba dónde, pero la casa de ella y de Flavio. Pero su esposo, que era hijo único, sentía que no podía «abandonar» a su padre, que en ese entonces tenía casi setenta años. Su esposa pasaba más tiempo en la ciudad y él pasaba más tiempo en el campo. Cada uno atendía sus prioridades. Y a Claudia le pareció noble de parte de Flavio preocuparse por su padre. De modo que con algunos temores y no muchas ganas accedió a vivir en la estancia una vez casados.

El ambiente no era el más agradable, Flavio no estaba en todo el día, solo venía a almorzar y luego al atardecer para la cena. Su suegro era serio, de un carácter adusto e introvertido: buenos días, buenas tardes.

Pero ella tenía todo el día para entretenerse limpiando en profundidad una casa que era enorme. Limpiar celosías, lavar vidrios, encerar pisos, pasar lustramuebles con conciencia para eliminar los excrementos de las arañas acumulados durante mucho tiempo y más. Le gustaba hacerlo. Disfrutaba realizando las tareas del hogar. Solo a veces, casi de manera subliminal, sentía que le hacía falta actividad intelectual.

Al mes y poco de casados Claudia quedó embarazada. Luego de un corto período de náuseas matutinas y algún malestar digestivo, y transcurridos estos días, Claudia se sintió feliz. ¡Iba a tener un hijo! Con los años se dio cuenta que le encantó estar embarazada. No podía describir por qué, porque fue indescriptible, pero fue muy feliz.

Flavio también estaba contento porque había sido un hijo buscado. Si era varón, Flavio elegía el nombre; si era mujer, lo elegiría Claudia. Ellos tenían esos pactos. También habían acordado que como se habían casado por la iglesia católica, los hijos serían bautizados y educados en la Iglesia valdense. Y como Flavio quería que sus hijos fueran a la escuela de la ciudad, ella elegiría otra cosa. Eran los pactos que les permitían salvar las diferencias religiosas, sociales y culturales. ¿Sería suficiente? Por ahora todo era miel sobre hojuelas de maíz.

Cuando comenzó el trabajo de parto se trasladaron a la ciudad. Nada ocurrió como le habían dicho. Las contracciones cada minutos y luego más seguidas, la duración de las contracciones, esto, aquello… nada, nada parecido. Ella solo sintió un tremendo dolor intenso que la trastornó hasta la locura, y después de quién sabe cuántos pujos, su amado hijo vio la luz de la sala de partos. Era de noche. Estaba agotada, dolorida, separada de su vástago. Y lo único que deseaba era que aquello pasara pronto para poder disfrutar la maternidad, algo que en ese momento no podía siquiera vislumbrar.

Pero de manera inevitable, y como es la vida, los días transcurrieron, Claudia se repuso y sintió que todo estaba en su lugar, como ella lo había soñado.

No podía ya salir a cabalgar por el campo con su esposo como le hubiera gustado, y tampoco podía acompañarlo en otras tareas propias del campo, no solo por la falta de tiempo sino porque en el esquema de ese establecimiento no había lugar para las mujeres. Claudia siempre había sido rebelde y protestaba frente a todo lo que consideraba injusto, pero ahora no tenía tiempo para hacer alguna valoración de nada.

En algunos momentos tuvieron crisis de pareja importantes. Era difícil dialogar. Flavio no exteriorizaba sus emociones y le costaba expresar tanto en el plano físico como en el verbal sus sentimientos, de forma que los abrazos, las caricias y los besos se habían extinguido, a veces por etapas prolongadas. Solo en el dormitorio había expresiones de amor. Para Claudia fue difícil asimilar esto. En sus pensamientos las demostraciones físicas de amor, mimos, abrazos, caricias, debían estar presentes durante el día también.

Su inconsciente no le permitía preguntarse dónde había ido a parar todo lo vivido en el noviazgo.

Cuando se acercó el cumpleaños del primogénito, Alejandro, Flavio comenzó a demostrar interés en los preparativos. Las personas que vendrían, a qué hora sería el festejo, qué comida prepararían... es más, en algún momento le dijo:

—Amor, ¿qué mesa ponemos?

—Negra, ¿y si traemos las sillas del comedor y las de la cocina, más las plegables de...

Claudia creía que vivía un sueño. ¡Palabras cariñosas! ¡Oh, Señor! ¡Por fin todo empezaba a funcionar! Claudia creía volar a las nubes, su mente la llevaba a aquel día del matrimonio, casi perfecto, que había imaginado.

Pero, pasaba el cumpleaños, las mesas y sillas volvían a su lugar y ella también volvía a su lugar de siempre. Estas situaciones se daban en ocasiones especiales que Claudia no lograba aún entender por qué.

El relacionamiento con su suegra, con lentitud, comenzó a mejorar. Claudia decidió perdonar todas y cada una de las ofensas recibidas, convencida de que quien más sufre es aquel que no perdona, porque toda la ira, la rabia y el dolor se van acumulando en el corazón, y llega un momento en que ya no queda más lugar para el amor.

Y Ofelia, de manera paulatina fue cambiando su forma de tratarla. Tal vez acción-reacción, siembra-cosecha; tal vez cayó en cuenta de que Claudia era una buena persona, prolija, buena madre, trabajadora, responsable… y que amaba a su hijo. Y de seguro la llegada de su primer nieto también impactó de manera favorable en ella Y todavía, mejor: ¡era varón! Todas esas cosas confluyeron a favor de Claudia. Por lo demás la rutina fue más o menos igual.

Cuando Alejandro cumplía los tres años, llegó Isabel. Claudia quería tener más hijos pero la inestabilidad de su matrimonio la detenía. Sin embargo, en alguno de esos raros y buenos momentos que tuvieron, y que a veces eran más prolongados, habían decidido tener otro hijo. Y luego en otra similar instancia fueron por el tercero. Y a los tres años llegó Martina.

Luego el país entero entró en una crisis económica importante, y el sector agropecuario fue uno de los más afectados. Deudas en dólares, difíciles de pagar, y muchos productores se «fundieron», como se decía de manera vulgar. Flavio tenía una situación complicada. Y cada día se agravó más. Claudia quería trabajar pero no sabía en qué.

Dios nunca la había abandonado. Siempre estaba ahí para socorrerla y orientarla, poniendo en su camino personas que la ayudaban. Sara, una señora mayor que ella, pero muy conocida, profesora de música en escuelas y liceos la estimuló para que se presentara a concurso en educación primaria. Ni corta ni perezosa, Claudia sacudió el polvo de sus diplomas de profesora de piano y de solfeo, algunas constancias de cursos en los que había participado: dirección de coros, educación de la voz, talleres de música, etc. Esa documentación la habilitó para dar una prueba y con ella acceder a un cargo.

Otra vez a la ciudad… Claudia temblaba, por su matrimonio y por la experiencia de empezar a trabajar en un mundo que le era en su totalidad desconocido. De nuevo la soledad y la preocupación, a veces tristeza y a veces algo de dolor, pero no podía culpar a nadie, esta había sido su elección. Y al menos, aunque alquilada, estaba en una casa donde podía hacer y deshacer a su antojo.

Durante los momentos difíciles recordaba las palabras que Rosa siempre les decía: «no miren a los que tienen más que ustedes, siempre habrá quien tiene más y quien tiene menos. Miren a los que tienen menos y den gracias a Dios por todo lo que han recibido». Eso estaba haciendo Claudia ahora, el recuento de todo lo positivo para poder dar gracias a Dios, pedir ayuda en esta nuevísima etapa que le tocaba vivir y seguir adelante.

Brenda, la muchacha que la ayudaba en la estancia con los quehaceres de la casa y los chiquilines, comenzó a realizar las mismas tareas en esta nueva casa.

Flavio solo aparecía a traer algún litro de leche o carne cuando se faenaba en la estancia. Estaba un ratito con sus hijos y después se iba. Nunca se quedaba a dormir.

Solo se veían el fin de semana cuando Claudia cargaba bolsos, comestibles, ropa limpia y niños, y marchaba para el campo, pero el clima no mejoraba. Ella percibía en él una frialdad desconocida, y se preguntaba dónde iría a terminar aquello. El deterioro del matrimonio era evidente, palpable y doloroso.

¿Cómo habían llegado a aquel punto? ¿En qué preciso instante todo se había roto? ¿En qué se había equivocado ella? Necesitaba trasladar todas las «culpas» a sí misma porque era de la única manera que podría enmendar algo, si es que quedaba algo por enmendar. Su propia conducta la podía corregir, pero las responsabilidades de él y sus decisiones estaban, en su totalidad, fuera del control de Claudia.

IX

LA DEBACLE

Era marzo, la primera semana de clases, corría el año 1999. Unos años antes, cuando su suegro falleció, y su suegra le había entregado a Flavio, el campo que le correspondía por herencia, Claudia había vuelto a vivir a la estancia, en un intento desesperado por salvar su matrimonio. Y algo, aunque poco, las cosas habían mejorado. La vida para Claudia era muy ajetreada porque viajaba dos o tres veces por día a la ciudad, distante 18 km, para llevar a sus hijos a centros de estudio y cumplir ella con su propio trabajo, que a estas alturas se había multiplicado bastante.

Las clases habían comenzado para Claudia y sus hijas, pero Alejandro tendría que esperar una semana pues el liceo estaba en reparaciones. Era obvio que quedaría con Flavio en ausencia de su madre. Pidió permiso entonces para quedarse en la casa de un amigo desde el miércoles hasta el jueves. Flavio y Claudia autorizaron, pero al final se quedó hasta el viernes con la anuencia de su padre. Alejandro y su amigo estaban muy entusiasmados armando y desarmando un par de bicicletas.

Era viernes. Claudia estaba en una escuela en la cual no trabajaba, pero en esa primer semana, mientras las maestras, directoras, instituciones, se organizaban, ella aprovechaba a «probar» voces a los niños, ya que era la directora del coro departamental de primaria. Y de esta forma adelantaba trabajo.

Era después del mediodía, 14.30 tal vez.

La auxiliar se le acercó y le dijo: «teléfono, Claudia». Nunca la llamaban al trabajo porque todos en su casa sabían que el horario de trabajo era, para ella, casi sagrado, excepto emergencias, pero bueno, podrían llamarla de la inspección también. De igual forma no tuvo tiempo de pensar nada, porque en segundos estaba en la sala donde estaba el teléfono de línea, tomó el tubo:

—Hola.

—Hola, Claudia.

—Hola —no podía reconocer la voz—. ¿Quién habla?

—Soy yo, Anahí.

—¿Sí, qué pasó? —ya se empezaba a fastidiar, la estaba haciendo perder tiempo y no concretaba nada.

—¿Podés venir al sanatorio?

—¿Qué pasó? —dijo Claudia ya preocupada—. ¿Le pasó algo a tu hija?

—No, Alejandro… le pegaron un tiro en la cabeza.

Quedó petrificada. Luego, un instante eterno de mucha confusión en su mente. Solo recuerda que una voz, que no le pertenecía, preguntó: «¿está vivo?». De ahí en adelante no fue ella, era su cuerpo con una mujer desconocida que actuaba con firmeza, tranquilidad y determinación.

Su hermana, quien siempre la acompañaba en los momentos difíciles pues era incondicional, la llevó al sanatorio. Claudia entró a verlo. El médico le había dicho que, para Alejandro, era muy importante que su madre estuviera ahí mientras lo preparaban para trasladarlo. Era un adolescente fuerte y noble. Pidió a una enfermera:

—Saquen a mi mamá de aquí que se va a descomponer —dijo, ya bastante sedado.

Por momentos los segundos no pasaban y por momentos todo era vorágine y desesperación. Claudia no recuerda a qué hora lograron salir para la ciudad más cercana dónde había tomógrafo. Y tampoco tenía idea de la hora a la cual habían llegado. ¿Las 16? ¿16.30? Era irrelevante de todos modos. Cuando los médicos hicieron la valoración, no veían como opción un traslado a la capital, porque no llegaría vivo. En otras ciudades más cercanas que Montevideo no tenían lo necesario para atender a un paciente de esa gravedad. Cuando los médicos llamaron a Flavio y Claudia para consultarlos por la decisión a tomar, Claudia dijo con firmeza: Montevideo. Su hijo se iba a salvar.

Fuera del sanatorio estaban los padres de Claudia, algunos de sus hermanos, todos dispuestos a colaborar con lo que fuera. Era un tiempo de batalla. También se acercó el pastor metodista Lionel Green y le entregó a Claudia una postal con una hermosa flor, la vería mucho después, y en el reverso el salmo 121.

Cuando todo estuvo pronto salieron para la capital.

Claudia iba en la cabina de la ambulancia, con el chofer... y el salmo 121. Lo leyó mil veces. «Al contemplar las montañas me pregunto ¿de dónde vendrá mi ayuda? Mi ayuda vendrá del Señor, creador del cielo y de la tierra... El Señor es quien te cuida; el Señor es quien te protege, quien está junto a ti para ayudarte...».

Sí, el Señor los cuidaría y Alejandro se salvaría.

En su gran egoísmo y amor de madre, le pedía a Dios que lo dejara vivir, no importaba cómo, pero lo quería vivo, lo necesitaba vivo. No entraba en su cabeza otro pensamiento.

En esa letanía, ajenidad y confusión transcurrió el viaje. Y llegaron al sanatorio. Cuando quedó instalado en el CTI eran las 2 de la mañana del sábado. Habían pasado 12 horas desde el accidente.

Las primeras 48 horas eran decisivas. O mejoraba o empeoraba. Los partes médicos más que desalentadores eran aterradores, un cúmulo de cosas horrendas que podían suceder.

A Claudia le permitían estar unas cuantas horas al día con Alejandro. Era un CTI de adultos y él era un niño de 14 años. Como ella no molestaba, no hacía ruido, no interfería en nada, la dejaban estar a su lado en una silla. Claudia le tomaba la mano, lo acariciaba, le decía cuánto lo amaba y cuánto lo amaban muchas personas. También Dios lo amaba y lo estaba cuidando. Y se iba a recuperar. Alejandro estaba en un coma farmacológico, pero Claudia sabía que él la escuchaba.

Flavio no se animaba a entrar al CTI, y con la actitud derrotista que había asumido en el último tiempo frente a muchas situaciones ella prefería que mejor no entrara. Su hijo necesitaba actitudes positivas.

Una mañana, Claudia había acordado con sus padres que a la 11 llamaría por teléfono a sus hijas, subió al ascensor en el 4° piso. Le sorprendió que estuviera vacío, pues lo común era que todo el tiempo estuviera atiborrado de gente subiendo y bajando en un ajetreo mudo y cabizbajo. En el 3° subió un señor muy arreglado, pantalón, saco y corbata, y así, sin más le dijo:

—Hay que ver, señora, lo dura que es la vida.

Claudia le contestó:

—Dígamelo a mí que tengo un hijo de 14 años en el CTI.

—Sí, señora, pero su hijo está vivo. El mío acaba de morir y tenía 27 años.

Quedó aturdida. En lo que duró ese mínimo diálogo, y sin que nadie, en lo absoluto, nadie interrumpiera el andar del ascensor, habían llegado a la planta baja. El señor, caballeroso, abrió la puerta, con la mano izquierda extendida le cedió el paso, y cuando ella salía, él le tomó el brazo con firmeza y le espetó:

—Señora, tenga fe porque su hijo va a vivir.

Sintió un escalofrío que le recorrió todo el cuerpo, también una sensación extraña que no podría describir, sintió la presencia de Dios en ese hombre que compartió unos breves, intensos y extraños instantes en ese ascensor, y la invadió un sentimiento de inmensa gratitud hacia un desconocido que le abría una ventanita de esperanza en ese duro momento que le había tocado vivir. A las dos de la tarde se cumplirían las 48 h desde el accidente y Alejandro seguía igual, y Claudia estaba un poco «bajón». Ese no había sido un encuentro casual. Había varias cosas que salían de lo común y cotidiano en ese momento y lugar. Lo recordaría muchas veces en el futuro en distintos momentos de su vida, y pensaría que Dios había estado ahí.

Alejandro tenía puesto un centímetro común, de los que usan las costureras, detrás del cuello con el cual lo medían para ver su evolución. El accidente había sido un tiro de escopeta a la altura de tórax superior y cabeza. ¡Tenía más de setenta chumbos de plomo en el cuerpo! Algunos en el cráneo, otros en las vértebras, oreja, clavícula, músculos internos, tabique nasal... ¡en el canal medular tenía uno! Pero ninguno había dañado órganos vitales. Sólo había perdido la vista derecha, pero frente a todo lo que podría haber sucedido, esto era nada.

Aunque sonara cruel decirlo, era la realidad. Nadie podía creer lo ocurrido con este accidente y sus mínimas consecuencias. Los médicos menos aún podían creer que estuviera con vida con un accidente de esa magnitud. Así como Claudia no lo podía creer cuando entró a la sala y la enfermera le midió el cuello, estaba más grande que su cabeza por la inflamación, la miró y le dijo: «bajó dos centímetros». Claudia lloraba, tantas cosas reprimidas, angustia, incredulidad, temor, emociones desconocidas, alegría y gratitud por el comienzo de una mejoría, al menos por ahora. Era una inmensa y primera buena noticia.

Pasaban los días y siempre había algo que iba mejorando, excepto los partes médicos que seguían siendo tétricos y la dejaban exhausta por un par de horas.

Lo habían trasladado al CTI de otro hospital y Flavio y Claudia se turnaban para estar allí: uno durante el día, otro por la noche. En los quince días que duró la internación en Montevideo, Flavio no se movió de la ciudad. La rutina que realizaban los dos era: desde el sanatorio hasta la casa de Ofelia y desde allí hasta al sanatorio (Ofelia se había mudado a Montevideo hacía unos pocos años atrás), pues solo importaba Alejandro. Flavio estaba solo para su hijo. Para él, ella había dejado de existir. Claudia lo sentía en su piel más que en su intelecto. No se podía entablar ni una mínima conversación.

Cuando regresaron al campo, con lentitud, comenzaron algunas rutinas. Las básicas. Las niñas a la escuela, tareas indispensables para el cotidiano vivir, la reconstrucción de los vínculos y sanar heridas ocasionadas por la situación en toda la familia. Todo iba a estar bien.

Alejandro tenía un alto índice de plomo en la sangre como consecuencia de los chumbos que tenía en el cuerpo y que los tendría de por vida. Era necesario realizar un tratamiento para ir bajando estos niveles. En el primer viaje que realizaron a Montevideo para comenzar el control y tratamiento, Ofelia les dio la noticia. Estaba muy enferma. No tenía cura su enfermedad y era progresiva. Ellos escucharon y creyeron entender pero no se preocuparon mucho porque su única preocupación ahora era Alejandro. El plomo en la sangre no era algo gratuito. Iba a tener un costo en la salud de su hijo.

La licencia de Claudia duró un mes. Podría haber solicitado más tiempo y no se lo hubieran negado. El propio director de un colegio donde Claudia trabajaba se lo dijo: «no te reintegres todavía, el estrés del CTI agota mucho, tomate unos días más». Pero ella necesitaba recuperar su vida normal y además la habían educado para enfrentar las responsabilidades, los problemas… y trabajar.

Cuando tomó contacto con la realidad, se dio cuenta de que algunas cosas se le iban a tornar muy difíciles.

Su hijo era un conjunto de huesos con piel, no había ni un atisbo del muchacho alegre, lleno de vida, y que, sin ser fortachón, tenía un físico musculoso.

Claudia tenía que llevarlo de mañana a fisioterapia. Desandar los 18 km que los separaban de la ciudad para dar el almuerzo a su familia, volver a la ciudad, dejar a sus hijos en los centros de estudios, ir a su trabajo, volver a la tarde al campo a las cinco o seis de la tarde, para luego volver a la noche a trabajar con dos coros cuatro días a la semana. Regresaba a las once de la noche. Día con día. No daban los tiempos. Emilio sugirió que se fueran a vivir a la ciudad por un tiempo hasta que por lo menos terminara la recuperación de Alejandro.

Claudia lo pensó mucho, por momentos el miedo la dominaba.

¡Otra vez la ciudad! La soledad, el abandono y todo lo que venía detrás de eso.

Sus hijos ya eran capaces de entender algunas cosas. Alejandro seguía reponiéndose, con lentitud, pero mejoraba. Además, su problema estaba en el cuerpo, no en su mente.

Tomó una decisión, un domingo a la tarde reunió en el living a Flavio y a sus hijos y planteó la situación. Ella ya no podía más. Le parecía que había llegado el momento de que, aunque de manera provisoria, se establecieran en la ciudad y Flavio viajara al campo a trabajar. No hubo oposición alguna pero Claudia no pudo sentir nada. Ni alegría, ni acompañamiento, ni comprensión, mucho menos amor, estaba cansada.

Allá marcharon con la mudanza y se instalaron un fin de semana. El lunes, Flavio tomó unos mates y se fue a trabajar. Los demás, cada uno a lo suyo.

Excepto por la fisioterapia, las mañanas eran más tranquilas que las tardes en la que todos concurrían a distintos centros de estudio. Y cuando Claudia iba a trabajar de noche con los coros, sus hijos quedaban solos.

Flavio se fue el lunes y no apareció hasta el viernes, venía con el clásico tarro de leche de cinco litros, de aluminio, y un paquete con carne. Claudia se los hubiera tirado por la cabeza. ¿Qué habían pactado? ¿Es que ya no le quedaba nada? ¿Ni siquiera palabra, honor, respeto? La indignación la consumía, pero no dijo nada.

Y ella, en su ceguera, en el torbellino en que se había convertido su vida, no era capaz de analizar nada. Los fines de semana seguía yendo al campo a respirar esperanzas y juntar unas miserables ilusiones.

En las vacaciones de invierno, decidió que era la última vez que pasaba unos días en la estancia. Era su último intento de salvar algo que ella, en su fuero íntimo, sabía que ya no tenía oportunidad de cobrar vida otra vez.

Pasada la primera semana de convivencia en ese lugar y habiendo recorrido cada uno de los rincones, repasando cada instante vivido en distintas circunstancias, por fin podía empezar a ver un poco claro y esto le permitía ir desenredando la madeja. La pareja es una cosa de dos. Aquí quedaba uno solo con interés en continuar el matrimonio. La otra parte había perdido todo, el amor, las ilusiones, la admiración que en otros tiempos se tuvieron el uno al otro, la sonrisa, la conversación. «¿Cómo era posible?», se preguntó, «¿No queda nada de nada?». Y ella... ella había perdido cosas en el camino también: ilusiones, un proyecto de vida, esa sonrisa permanente en la boca que la caracterizaba, algo de la alegría de vivir, sueños…

Pasadas las vacaciones de julio, Claudia y sus hijos retornaron a la ciudad. Y a la estancia ya no volvieron más, los controles en Montevideo se fueron espaciando hasta que tampoco a Montevideo volvió a ir Claudia con Alejandro. Ofelia desmejoraba día a día. Claudia recuerda con cierta culpa lo poco que pudo visitarla en su enfermedad, pero ella a duras penas podía con su propia vida.

En los primeros días de septiembre, Ofelia falleció.

Claudia estuvo en aquellos momentos junto a Flavio y los familiares, pero entre ella y Flavio parecía haber una cortina de hielo. Todo se fue precipitando más rápido. Al mes siguiente, Flavio le pidió el divorcio.

X

UN NUEVO COMIENZO

Cuando comenzara el año 2000, sería todo festejo, nuevo milenio, nuevo siglo. No era poca cosa. Tiempo de festejar y tiempo de evaluar lo vivido. ¡Sería más o menos como pasa con los cumpleaños, pero a gran escala! ¡Aquello ocurriría en todo el mundo! Sin embargo, Claudia recordaría muchas cosas como en una gran nebulosa. El año anterior había sido demasiado duro, traumático.

Ahora, en enero de este nuevo año, sus padres la llevarían con sus hijos a las playas del este para que pudiera recuperarse. Muchas cosas las hacían con la familia grande. Las vacaciones fueron una de ellas.

Claudia anhelaba que llegara ese momento para ir a Rocha, pensando que allí el dolor cedería un poco, pero no fue así. Cuando se va de viaje, también se van los problemas con el viajero. Toda su familia la apoyó y la acompañó, pero no bastaba. Nada era suficiente para aliviarla ya que el dolor lacerante seguía allí

Dentro de esa nebulosa, recuerda que luego de haberle pedido el divorcio Flavio iba los sábados por la tarde a buscar a sus hijos para que pasaran el fin de semana con él. Claudia quedaba devastada.

Claudia toleraba al sábado más o menos bien porque siempre tenía alguna actividad por hacer. El domingo en la mañana iba a la iglesia: el encuentro con Dios y su comunidad de fe le hacían bien, la ayudaban en el tránsito de su duelo.

Pero después venía la tarde del domingo. No podía superarla. La sensación de vacío, de dolor, de nunca más, de desesperación, de náuseas… todo eso la mataba. Solo atinaba a darse vueltas en su cama llorando, con desesperación, su gran dolor y su pérdida manifiesta.

Sí, Claudia sufría una gran pérdida. Había perdido su matrimonio, una forma de vivir, el amor de su vida, el padre de sus hijos… Pero también había perdido su proyecto de vida y sus sueños. No, no hay forma alguna de describir los domingos de esos primeros meses. Ya para noviembre, Flavio venía cada vez más tarde a buscarlos. Luego empezó a saltearse algún fin de semana.

Martina, con siete años, un lunes a su regreso del fin de semana, le contó que la nueva empleada doméstica le estaba prendiendo los botones de la camisa a su papá. Claudia desvió la conversación, pero sintió la punta filosa del cuchillo que hacía mucho tiempo había estado esperando.

¿Cuándo cesaría el dolor?, se preguntó. ¿Volvería a reír alguna vez? ¿Cuándo volvería a soñar? ¿Volvería a disfrutar la vida a plenitud? ¿Cuándo perdió el camino, la brújula? ¿En qué momento Claudia perdió de vista a Claudia? Ya no podía reconocerse, mucho menos elegir por dónde seguiría. Al menos por ahora, debería aceptar la sobrevivencia.

Claudia sentía, en extremo, una inmensa y tremenda soledad. Como madre, como persona que tiene que tomar muchas decisiones a diario, algunas muy importantes, pero también sentía una gran soledad como mujer. Y esta soledad la sentía desde hacía muchos años, su matrimonio había terminado mucho antes de terminar.

Mientras su vida personal se desmoronó, su vida profesional fue en ascenso. Pero de todas formas ella no tenía una conciencia plena de aquello, porque el caos en el que había estado sumida tanto tiempo no le permitía ver nada con claridad ni objetividad. Ese lapso de tiempo seguía siendo una nebulosa. Una vez más la salvaba su historia, su identidad, sus hábitos de trabajo, constancia, disciplina, lealtad, capacidad de trabajo, ética. Estaba rota por dentro y al mismo tiempo podía ponerse la túnica y salir para la escuela a trabajar como si nada hubiera pasado. Fue capaz de funcionar así. De otra forma no se explica como aceptó viajar a Europa a cantar con un coro que dirigía apenas desde el año 1998. Harían una gira por Madrid, Barcelona y la isla de Mallorca. De seguro Claudia no estaba en sus cabales.

Para aquella gira trabajaron muy duro para ofrecer un repertorio latinoamericano en la cuna de la cultura occidental. Los ensayos fueron intensivos, extenuantes, pero la motivación fue muy grande. ¡Un coro amateur del interior del país cantando en Europa! Parecía aquel un sueño demasiado grande.

Con el paso de los días, la cantidad de horas en las que Claudia pasó trabajando, el rato que estuvo con sus hijos, aquel nuevo desafío que le consumía muchas energías… la aliviaron de modo muy paulatino o al menos hubo ratos de alivio, pues las heridas no sanan tan rápido.

Sabía que todo ese trabajo con el coro, planificado, disciplinado, meticuloso, y a veces fastidioso para los coreutas…algún día daría resultado.

Mientras trabajaba soñaba con el acorde perfecto, que en realidad era mucho más que un acorde, eran compases enteros, a veces una frase y, en ocasiones, una canción casi completa. Era imposible una canción entera perfecta, porque la perfección no existe.

«Existe la excelencia», le decía su padre, pero después de haber insistido en la afinación de las sopranos, el empaste de la cuerda de las contraltos, que los bajos no «golpearan» sonidos, que los tenores dejaran la forma estructurada en que estaban cantando y se abandonaran a la música, después… después de mil cosas más, cuando la obra estaba internalizada en cada uno de ellos, terminada, y cuando la expresión y la musicalidad salían al fin a flor de piel, Claudia flotaba, ocurría eso: ella oía su acorde perfecto. Ella viajaba a otro mundo. Era el clímax. Algo sublime ocurría y Claudia volaba a una burbuja donde todo era éxtasis total. Su alma vibraba. Eso le regalaba la música. Muchas veces se preguntó: «¿Por qué tanto para mí, Señor?». Los recuerdos todavía la transportaban a ese lugar, así como el control mental la transportaba a su cañada donde era feliz y afortunada, por momentos.

Ese año dos mil marcó el principio del fin de una etapa dolorosa personal, y el comienzo de un ascenso pronunciado en su profesión.

A mediados de año le habían hablado para ofrecerle la dirección de una escuela de música. Ella conocía el proyecto porque había varias en el país y estaba fascinada con la propuesta didáctico-musical que estas ofrecían a los niños, por lo cual, sin pensarlo demasiado aceptó el ofrecimiento. No se sabía, con exactitud, cuándo se abrirían las puertas de esta escuela, pero seguro durante el correr del año, en algún momento. Había que esperar la culminación de una serie de trámites.

Mientras tanto Claudia seguía trabajando en las escuelas, un colegio privado, coros de niños y de adultos. Y cada tanto una reunión informativa y de coordinación respecto a la nueva escuela de música. Los ensayos del coro que viajaría a Europa cada vez más intensivos y exigentes. El viaje estaba previsto para el 16 de octubre.

Al fin la escuela de música comenzó a funcionar el 1° de octubre. Todo se precipitó, pero no hubo problemas ni contratiempos porque desde el principio del año se venía trabajando en ambas cosas.

El coro viajó en la fecha prevista y todo transcurrió con normalidad. Las críticas fueron buenas. Se había hecho un buen espectáculo. Claudia siempre encontraba errores para corregir a futuro y no le gustaba hacer demasiados elogios porque de alguna manera era elogiar su propio trabajo y sus padres le habían enseñado que uno no usa sus dones para vanagloriarse de ellos sino que los usa en bien de la sociedad.

Pero lo que sí disfrutó mucho y también la emocionó, fue ver en cada concierto un auditorio completo con banderitas uruguayas moviéndose con los aplausos al final de cada canción. Esta fue la riqueza más grande, las emociones. La cantidad de uruguayos que viven en el extranjero y se unen en el disfrute de una obra musical, y la viven, la sienten, la comparten y al final lloran abrazados embargados por el amor a ese pedacito de tierra que un coro les llevó. Fue un verdadero regalo. ¡El mejor regalo! Para Claudia y para el coro.

Pasó aquel año, que de cierta forma terminó bastante bien, al menos mejor que el anterior, pero Claudia todavía estaba en duelo, algunos días la embargaba la tristeza y muchos otros la soledad era insoportable.

Por suerte, tenía muchos días de vacaciones para reponerse, física, psíquica y en sus emociones. Lo afectivo iba a llevar más tiempo. ¿O tal vez no? Eso pensaba entonces. Es difícil determinar qué heridas sanan primero y cuándo lo hacen. El tiempo pasa y un día, con sencillez, se da cuenta que se han sanado.

Al año siguiente, las clases comenzaron con normalidad, en todos los ámbitos, excepto en la escuela de música que solo había logrado captar poquísimos alumnos el año anterior, de manera que la inspectora del área sugirió realizar una nueva visita por todas las escuelas de la ciudad invitando a los niños a participar de esta actividad.

Los alumnos que concurrían a la escuela común en la mañana, en la tarde concurrían a la escuela de música en la cual podían aprender tres instrumentos, de forma opcional: flauta, guitarra o piano y además otras asignaturas como canto, expresión corporal, danza, etc. Y los que concurrían a la escuela común en la tarde, iban a la mañana a esta escuela especial. Por fortuna se logró el cometido, porque se necesitaba una cantidad considerable de alumnos que ameritara la apertura y continuidad de esta institución tan extraordinaria, según el criterio de Claudia.

Ella estaba enamorada de este proyecto de escuelas porque daba oportunidad a niños de escasos recursos a acceder al estudio musical de una manera gratuita. ¡Era fantástico! Y ella haría todo cuanto estuviera a su alcance para hacer florecer esa escuela que ya había comenzado a amar. También entregaría todo lo que poseía en conocimientos y sabiduría, y estimularía a los niños para que se sintieran felices haciendo música.

Luego de esa segunda visita realizada, se sumó un grupo importante de alumnos, dentro de los cuales había una niña a cuyo padre Claudia conocería poco tiempo después.

Claudia estaba contenta, ya podían comenzar a organizar la tarea escolar de una forma «normal». Una adecuada cantidad de alumnos, todos los cargos docentes cubiertos, la necesaria cantidad de salones disponibles para ellos. Todo en su lugar. Solo había que «echar a andar la carroza» como dice el dicho, y así lo hicieron.

Comenzaron las clases y una vez que se «aceitó» el funcionamiento todo de la escuela, Claudia consideró que era el momento de formar la comisión de fomento, tal cual como tenían todas las escuelas. Cuando citó a los padres para una reunión, conoció a Alberto. En realidad lo conocía de nombre, pero no en persona. En las ciudades chicas todo el mundo se conoce y también se murmura mucho sobre la vida de los demás, a veces asuntos ciertos y verdaderos, otras veces no tantos.

Claudia y Alberto tenían una amiga en común, una señora mayor que, por razones azarosas, acompañó a Alberto a la primera reunión. A la salida de dicho encuentro, conversaron un rato antes de partir cada uno para sus hogares. El ambiente estaba agradable, parecía un día veraniego por la temperatura reinante y daban ganas de quedarse charlando en la vereda de temas vinculados a la escuela y de otros también. Lo interesante era el relacionamiento, la charla, lo nuevo, algo que Claudia necesitaba cada día más: salir del círculo casa-trabajo-hijos-compromisos-trabajo-casa.

Lo cierto es que pasados unos días sonó el teléfono y Claudia atendió. Alberto era quien la había llamado. Al igual que ella, él también estaba solo con sus dos hijas, niñas de siete y once años de edad.

Al principio Claudia lo notó un poco nervioso y agitado, pero después que la invitó a salir a tomar unos mates a la rambla, los dos soltaron la risa, y el ambiente se descontracturó un poco. Claudia sin siquiera pensar y sopesar la situación, le dijo que sí. Cuando colgó, otra vez recordó la sentencia de su padre: «no tenés término medio». A veces pensaba demasiado, se consideraba una persona de «procesamiento lento». Y otras veces no pensaba nada: actuaba a impulso nada más. «Ya estaba hecho», se dijo.

Fue por Semana Santa, y sus hijos iban por unos pocos días a casa de su padre mientras ella se quedaría en la casa de los suyos. La casa de sus padres seguía siendo un poco su casa todavía y había tanto amor allí… que Claudia recargaba las pilas cuando iba.

Al volver a la rutina de las clases después de esa semana de vacaciones, Alberto y Claudia acordaron un día para salir a tomar mate. Ella no sabía qué podría salir de aquello. No lo conocía, pero sabía que era una buena persona. Tenían algunas cosas en común, como que eran padres con hijos a cargo (aunque suene feo decirlo porque parece una carga, y tanto Alberto como Claudia estaban felices de poder tener a sus hijos con ellos), los dos eran sencillos, hogareños. Luego habría más cosas para descubrir a medida que se fueran conociendo. Solo había que decidir si se quería correr el riesgo de comenzar una relación o no, sobretodo porque había hijos de por medio. Si esto continuaba, sería un noviazgo de siete: cinco hijos, dos padres.

No lo pensaron demasiado. Luego de algunos encuentros juntos con los hijos, pensaron que había posibilidades de que aquello funcionara. Los dos estaban sedientos de amor, de dar y recibir amor. Ambos se necesitaban y se complementaban.

A Claudia la enamoró la espontaneidad y la autenticidad de Alberto. Él era lo que era: transparente, noble, leal, solidario, divertido. No había día en que Claudia no riera a carcajadas por uno u otro chiste. Era dicharachero y alegre. Tomaba lo que la vida le daba. Nunca pedía nada y siempre se levantaba contento, y era un gran compañero. Todas las actividades que podían hacer juntos, las hacían.

Él se enamoró de la fortaleza de ella ante la adversidad. Alberto la conocía desde antes, la veía en el patio de la escuela cuando ella formaba el coro departamental antes de entrar al salón. Sabía de todo lo doloroso que había pasado en su vida y la veía allí, estoica, comprometida, responsable, y atenta y sonriente con sus alumnos. También la sabía una mujer de familia, fiel a sus principios, muy dedicada en todo lo que emprendía, muy responsable. La admiraba por ser música y conocía de sus exigencias en este plano así como la meticulosidad que caracterizaba todo lo que hacía.

Todo esto era lo maravilloso de cada comienzo: solo se veía lo bueno. Ya caerían los velos y cada uno vería al otro tal cual era, con sus virtudes y defectos, sus blancos, sus oscuros y también sus grises.

Había mucho entusiasmo al principio, sin embargo los dos eran conscientes de las dificultades que se podían presentar. No eran solos. Tenían hijos y ellos eran la prioridad puesto que no habían pedido venir al mundo.

Había que ensamblar dos familias. Habría que trabajar mucho y poner límites claros, definidos y respetados por todos, tanto si estaba solo Alberto o solo Claudia, o ambos. No tenían miedo. Había amor.

Estuvieron saliendo un tiempo no muy prolongado. Al principio las dos familias solo compartían algunas horas al día. Luego comenzaron a merendar juntos después de la escuela. En algún momento estallaba algún conflicto, sobre todo entre las niñas más chicas, pero Alberto restablecía el orden de inmediato. Todos los hijos estaban un poco a la defensiva, y un poco a la ofensiva también. Ellos al igual que sus padres habían sufrido la ruptura de una familia. Y ahora, de alguna manera, «se les imponía otra». Alberto y Claudia velaban por el bienestar de ellos y procuraban aliviar todo lo que les era posible, pero de ninguna manera iban a pedir permiso para vivir sus vidas. Ya habían sufrido suficiente y merecían otra oportunidad. Los derechos de unos terminaban donde comenzaban los de los demás.

Pasado un tiempo prudencial, y cuando el relacionamiento entre todos parecía funcionar bastante bien, Claudia y Alberto decidieron vivir juntos como una familia en un solo lugar. Alberto tenía una casa en el campo distante ocho kilómetros de la ciudad. Necesitaba unos arreglos ¡porque resultaba chica para una familia de siete! ¡No habían pensado nunca en esto!

De igual manera, Alberto tenía sus temores, le parecía que era mejor buscar una casa más grande en la ciudad por los horarios de estudio y de trabajo de todos. En la ciudad era más fácil movilizarse de manera independiente, a pie, en bici, en moto.

Para Claudia vivir en la ciudad era asfixiante, le cortaba las alas.

Ella se había resignado a la ciudad cuando se quedó sola, pero ahora… ¿quedarse en el cemento y el ruido cuando podían vivir felices en el campo? ¿Con un mínimo de sacrificios que bien valían la pena?

Por fortuna, Alberto y Claudia dialogaban: sopesaban pros y contras y luego decidían. Luego de un acuerdo mutuo decidieron el campo.

Cuando Claudia se casó con Flavio, de alguna manera, se divorció de la música. Dejó por completo todas las actividades musicales hasta que empezó a trabajar. Luego se divorció de Flavio y gran parte de su vida la entregó, otra vez y con mayor intensidad, a la música.

Ahora tenía todo lo que había soñado: familia y campo. Además de la música que, más que un sueño, era parte de su esencia.

Terminadas las reparaciones, en las primeras vacaciones, cada uno juntó sus cosas, y entre todos las cosas del bien común. Cargaron un camión y realizaron la mudanza. Era el inicio de una nueva etapa. Comenzaba a escribirse otra historia: un nuevo camino se abría ante ellos.

Lecturas recomendadas

Qué pasará cuando regrese (César Medina)

En busca de la libertad (José Carlos Cornejo Arana)

El fulgurado (Leonardo Vidal Ferreriro)

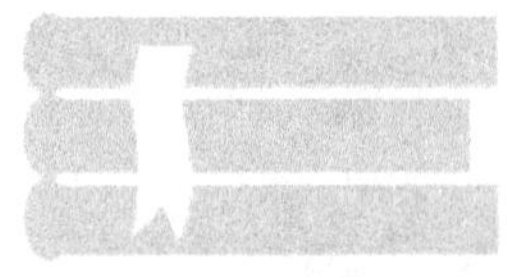